Ye

2578

ESSAIS,

OU

ETRENNES,

PAR UN JARDINIER,

OU, SI L'ON VEUT,

PAR L'AVOCAT *LAITUE.*

DE CLERMONT-FERRAND (PUY-DE-DÔME).

Servir, savoir souffrir pour la chère patrie,
C'est à mes yeux le sort le plus digne d'envie.

CLERMONT,

DE L'IMPRIMERIE D'AUGUSTE VEYSSET,

IMPRIMEUR DE L'AMI DE LA CHARTE.

IANVIER 1822.

ESSAIS,

ou

ÉTRENNES.

COMPLIMENT A MES AMIS.

Songeant à vous donner une petite étrenne,
　　　Je me suis dit : « Pauvre Etienne !
» Que peux-tu donc offrir à de si braves gens ?
» Tu n'as ni fruits, ni fleurs, peu d'esprit, peu de sens. »
　　　C'est vrai, parbleu, j'y pense !
　　　Encor si, dans la circonstance,
　　　Je pouvais faire un compliment !
　　　　　Mais comment ?
　　　　　En vers, en prose ?
　　　　　Ma foi je n'ose.
　　　　Pourquoi pas ? Va pour les vers,
Dût mon faible cerveau se remettre à l'envers,
Tant je me trouve loin des chemins du Parnasse !
Ne sais-je pas d'ailleurs qu'entre amis tout se passe;
Que ceux pour qui j'écris en bontés sont féconds ?
J'adresse donc des vers : qu'ils soient mauvais ou bons,
D'un pauvre jardinier c'est toute la science :
Vous le rendrez content s'il obtient indulgence.

ÉPIGRAMME CONTRE MOI-MÊME.

*(Au sujet d'un fragment, composé sur la fin du mois d'oc-
tobre, et dont mon Aristarque me fit apercevoir les nombreux
et graves défauts.)*

MAUDIT soit le Robin dont la risible audace,
Tenta de l'élever jusque vers le Parnasse.
Dirai-je ce qu'il fit? de bon cœur j'y consens :
Trente-six vers, en tout, contre rime et bon sens.

LE RÉVEIL.

(6 novembre 1821.)

VOILA huit jours, compte fait,
Que ma muse,
Qui toujours m'abuse,
D'un long sommeil se réveillait.
Exprimant malin sourire,
Elle m'ordonna d'écrire :
Je me mis à songer,
Et la traîtresse à dicter.
Jugeant de sa malice,
Au premier mot,
Et craignant d'être pris pour sot,
Ou même d'éprouver un plus fâcheux sévice,
Je battis aux champs,
Tournant le dos à la quinteuse,
Et me croyant par-là délivré pour long-temps
De cette capricieuse.

Vaine attente !

Par un perfide retour,

Pour me persécuter, soit la nuit, soit le jour,

Il n'est rien, sous le ciel, qu'elle n'ose et ne tente.

Hélas ! qui pourra me délier

De cette odieuse encontre ?

Personne ne se montre.....

Ah ! je vois un ancien guerrier ;

Je crois le reconnaître :

C'est lui, c'est mon maître.

Des muses ce favori

Avec bonté me sourit.

Il obtiendra ma grâce,

Ou peut-être qu'enfin, jusqu'aux pieds du Parnasse,

Il me fera, sous son aîle, arriver,

Si je ne puis renoncer à rimer.

MA FOLIE.

Naguère, on me réputa fou :

Que pouvais-je dire ?

Le mieux était de rire.

Mais ce n'est pas tout ;

» J'allais grand train à la misère ;

« J'étais vraiment dissipateur : »

C'était le cas d'un curateur,

Sans fournir longue carrière,

Le curateur se trouva.

Qu'ajouter à cela ?

Ne plus rien dire

Et rire.

~~~~~~~~~~~~~

EPIGRAMME CONTRE MOI-MÊME.

(Je fais parler mon Aristarque.)

Pour la traiter ainsi, que t'a fait mon oreille?
Quand tu me lis l'œuvre de ton cerveau,
    Tu crois conter merveille;
  Et près de crier : que c'est beau !
     Tu t'étonnes que je tonne,
    Ou que parfois je frissonne,
     Lorsqu'un son discordant
    Me déchire le tympan?
Ne vas pas bonnement croire à mon indulgence,
Tout touché que je sois de ta dure souffrance.
Excuse, mon ami, si je te contredis;
    Mais retiens ce que je dis :
  Quand de Phébus on entendit la lyre,
  Aux cris de l'oie on ne peut pas sourire.

~~~~~~~~~~~~~

A MON ARISTARQUE.

    De son fatal ciseau,
    Dût la Parque ennemie
    Trancher le réseau
    Qui me tient à la vie,
    Je dirai franchement,
    Par forme de remarque,
    A mon Aristarque
    Qu'il est trop pétulent :
     Mais à l'auteur

Que faut-il que je dise,
Quand sa lourde sottise
Irrite le censeur?
Je lui dirai de mieux faire,
Ou de se taire.

~~~~~~~~~~~~~~~~

AU MÊME.

(Au sujet de l'envoi qu'il me fit, le 6 novembre, des origines de Clermont, par le président Savaron.)

CROYEZ-VOUS tout de bon,
Qu'étant en délire,
Je sois propre à lire
Le président Savaron?
Vous voulez par l'histoire
Mettre un terme à mon travers.
A vous je vais boire,
Et termine ces vers
Qu'attendent sûrement les rats ou la poussière;
Tant pis pour eux : c'est leur affaire.

~~~~~~~~~~~~~~~~

APOSTROPHE A MA MUSE.

MA muse, taisez-vous :
Votre caquet m'ennuie.
Encor si vous disiez quelque chose de doux ;
Mais voilà bien du temps que; fatigué, j'essuie
Le choc affreux de tous vos traits malins,
Tandis que vous laissez les sots et les faquins,
Et bien des gens encore
Que la soif de l'argent, ou du crime, dévore.

CHACUN SON TOUR,

ÉPIGRAMME.

Muse ou démon de la satire,
Pourquoi certains fats,
Pourrais-tu me dire,
Se disent gentilshommes,
Sachant qu'ils ne le sont pas?
Et pourquoi d'autres hommes,
Descendraient-ils d'empereur ou de roi,
Sont moins nobles que moi?

AUTRE CONTRE UN NOBLE OU ANNOBLI.

(Non de ceux distingués par le mérite personnel, ou par des services rendus à la patrie.)

Dans l'orgueil qui m'égare,
Du trajet qui nous sépare,
Moi, fils d'un maigre bucheron,
J'allais demander la raison.
La voici, je pense,
Sans plus chercher :
Vous descendez d'un *gros* et *gras* boucher,
Où donc était ma pauvre intelligence ?

MA RÉSOLUTION QUANT A LA POÉSIE.

Aux yeux de bien des gens, c'est un complet travers
Que de passer son temps à façonner des vers.
D'autres, dans une forme à mon sens impolie,
Disent plus rondement que c'est une folie,

Folie, ajoutent-ils, qui, par bonnes raisons,
Mérite pour le moins les petites maisons.
Sur tout cela, je vois qu'il me faut laisser dire,
Versifier, s'il se peut, et surtout boire et rire.

~~~~~~~~~~~

AUX VERSIFICATEURS.

De rimer certains mots, à quoi sert la manie ?
Faites de méchans vers, votre muse est bannie ;
Et, s'ils sont bons, quel sera votre sort ?
Contre l'envie aurez-vous quelque port ?

~~~~~~~~~~~

EPIGRAMME

CONTRE LA FACTION ENNEMIE DE LA LIBERTÉ ET DES LUMIÈRES.

Allez, mon épigramme !
Portez à certaine maison,
Non le fer ou la flamme,
Mais un grain de raison.

~~~~~~~~~~~

MON PARTI PRIS.

Oui, j'étais magistrat, de zèle faisant dépense.
Mon service a déplu ; l'on m'a fait jardinier.
Honni soit qui mal y pense !
Même sort a suivi plus d'un brave guerrier.
D'un pauvre laboureur, soit en paix soit en guerre,
En faire un magistrat, cela ne se voit guère.
Sur ce j'attends ce qu'on fera,
Broyant de la pâture à la poussière, au rat.

A mes regrets, Messieurs, du moins n'allez pas croire.
Je le dis franchement ; j'aime mieux rire et boire,
Et façonner parfois des vers bons ou mauvais,
    Que de juger entre Paul et Gervais.

EPIGRAMME CONTRE UN CAMÉLEON.

    J'ai vu la nymphe de Roya.
      Je la trouve charmante ;
      De plus elle est constante.
Mais à la célébrer celui qui s'employa,
Variant ses accords suivant la circonstance,
N'est, me dit-on, constant que dans son inconstance.

EPIGRAMME CONTRE UN BON HOMME.

   » *Elle est partie; et je ne l'ai pas vue!* »
      As-tu donc la berlue?
      Tu vas là voir !
. . . .
Maudit soit le barbon, de burlesque mémoire,
Qui, fabricant des vers, ne fait que du grimoire.

LES LOUPS (1),

ou

MA PROMENADE DU 17 DÉCEMBRE.

    « Si, dans votre loisir,
    Me dit, hier, mon bon ange (2),

(1) Les méchans, les ennemis de la patrie, de la liberté, de la justice, quels qu'en soient le langage et les couleurs.
(2) Une femme céleste, dont je ne cesse d'admirer les vertus, qu'on pourrait présenter pour modèle, et que je m'abstiens de nommer, pour ne pas blesser sa modestie.

» Vous voulez savourer à longs traits le plaisir

» De parcourir des lieux où se trouve un mélange

» De ce que la nature offre de plus charmant ,

» Où n'importune point le trop fougueux autan ,

» Vers les jardins de Cros dirigez votre marche :

» C'est le vrai paradis du premier patriarche. »

      Sur ce qu'inspire ou que prescrit

         Un pareil esprit,

Je le dis hautement , sans aucune parure

Comme sans flatterie , le doute est une injure :

C'est bien plus ; c'est un crime. Aussi, sans balancer,

Je dirigeai mes pas vers cette promenade,

Luttant contre le vent , pour pouvoir avancer.

Je vis de belles choses , mais pas une cascade,

Ni rose , ni jasmin , ni chênes , ni cyprès ,

Ni tilleuls , ni *lauriers* : j'éprouvai des regrets.

Mais où sont les plaisirs non mélangés de peines !

Et quelle liberté n'apporte pas ses chaînes ! ! !

Je voyais la laitue , et l'oignon , et le chou ,

Des plantes, des produits nécessaires à la vie,

      Des jardiniers faisant glouglou ,

      Et maints objets vraiment dignes d'envie.

        Le cœur content , joyeux ,

        Ardent ami de la nature ,

        Je rendais grâces aux Dieux

        De ma bonne aventure ,

          Quand tout à coup

        Je vois paraître un loup.

      Que dis-je , un loup ! j'en vis bien quatre.

On sent que du plaisir il me fallut rabattre.

Et moi de détaler , tout pesant que je sois :

Mais, par réflexion , je me tourne et je vois

        Que l'ennemi reste en *place* ,

        S'en tenant à la grimace.

Je me rassure pour le coup,
Bien résolu pourtant de me défier du loup.

~~~~~~~~~~~~~~~

ENCORE LES LOUPS.

VOULEZ-VOUS boire ?
Choisissez de bonne eau , mieux encor de bon vin.
Faut-il se promener ? Prenez le bon chemin :
Mais défiez-vous des loups , si vous voulez m'en croire.

~~~~~~~~~~~~~~~

MES TOURMENS.

FRANÇAIS , de cœur , j'aime la vérité,
La justice , la liberté.
Détestant les méchans , surtout la perfidie ,
Contre eux je veux lutter le reste de ma vie.
Mais que faire en ce projet ?
Quelle est donc ma puissance ?
Suffit-il de vouloir , d'avoir de la constance
Pour atteindre son objet ?
Ne pouvant rien de mieux , je tenterais d'écrire,
Mais pour écrire où donc est mon talent ?
Il faut du moins se faire lire ;
De plus il faut de l'argent ,
Pour pouvoir être lu par d'autres que soi-même.
De l'argent chez un jardinier ,
Comme chez plus d'un guerrier !
Ne sait-on pas qu'ils n'ont ni coffre ni barême ?
En raisonnant encore et me battant les flancs ,
Supposant que , réglé dans mes pauvres finances ,
Il me reste quelques francs ,
Après avoir déduit tous mes frais de semences ;

Croira-t-on bonnement
Que je sois. hors d'affaire ?
Qu'il s'en faut malheureusement !
Oh ! que de peine encore, et que de pas à faire !
J'en atteste *Minerve* et même l'univers.
Soit que je me hasarde à forger de la prose,
Ou, si l'on veut, que j'ose ;
Tenaillant mon cerveau, composer quelques vers ;
Je me vois entravé par l'horrible censure :
Je me tais à regret, j'enrage et je murmure.
Ce n'est pas tout pour mon tourment :
Porté, par un devoir et par reconnaissance,
A faire un compliment ,
Je trace quelques vers ; vainquant mon impuissance ;
Puis, pour mettre en œuvre et la presse et journal ;
Sans hésiter je vole au libéral.
Muni de mon grimoire ,
Je confère un moment :
Mais quel est mon déboire !
« Quoi, me dit-on, des vers, de plus un compliment
» Nous n'en avons que faire.
» A d'autres vas porter cette mauvaise affaire. »
Piqué de ce refus, mais loin de me fâcher,
Je me mets à chercher
Comment je m'y prendrai, voulant me faire lire ,
Possédé que je suis du trop commun délire
Des plus mauvais comme des bons rimeurs.
Soudain je songe à d'autres imprimeurs ;
Mais je n'en vois plus qu'à droite où bien au centre,
Et j'en suis pour la gauche ; arrive que pourra !
Pour me tirer de peine, et, sans penser au ventre,
(Y songe qui voudra !)
Ne voulant plus écrire,
Je cours à mon jardin ;

J'y soignerai mes choux , la rose et le jasmin ,
Et de tous les travers je tâcherai de rire.

~~~~~~~~~~~~~

MON ORAISON.

QUAND je songe aux Religieuses ,
A certaines œuvres pieuses ,
Des Jésuites, des Capucins ,
Des Cordeliers et Célestins ,
Des Carmes et Missionnaires ,
Aux cilices, aux scapulaires ,
Je m'écrie et redis :
Que de vertu , de ferveur, de constance !
Mais aussi je dis :
Que d'abus de confiance !
Au-dehors, que d'humilité ,
Au-dedans, que d'orgueil et que de vanité !
Que de ruse, que de finesse ;
Que de trésors pour la paresse !
Alors et en tout lieu ,
J'élève ma pensée ; et, la portant vers Dieu ,
Et sa toute puissance,
Mon esprit s'élance ;
Et, soulevé par la raison ,
Je contemple, j'admire et fais cette oraison :
« Eclaire-nous, grand Dieu ! Veuille que ta lumière
» Pénètre enfin notre faible paupière,
» Et fais que le Français distingue l'imposteur,
« Du prêtre vertueux , du bienfaisant pasteur ! »

~~~~~~~~~~~~~

AU CURÉ

DE LA PAROISSE QUI M'A VU NAITRE.

PASTEUR chéri, pasteur aimable,
Doux, éclairé, pieux, indulgent, charitable,
Permettras-tu
Qu'un vieil amant de la vertu,
De la liberté, de la France,
De la divine tolérance,
T'exprime en ces vers
Ce qu'il voudrait dire à tout l'univers?
Quand je songe aux forfaits dont la terre est couverte,
Et que je vois ce globe enveloppé de deuil,
Mon âme se soulève et gémit sur la perte
De tant d'infortunés immolés à l'orgueil,
A la cupidité. Le cœur serré d'alarmes,
Je m'écrie aussitôt, l'œil humecté de larmes :
Que de bonheur pour les humains,
Si, moins méchans et moins vains,
Ils te prenaient pour modèle,
Et qu'imitant ta candeur et ton zèle,
Au lieu de s'égorger,
Et pour se consoler
Des communes misères,
Ils voulussent enfin s'aider et vivre en frères!

~~~~~~~~~~~~

MES SOUHAITS.

Pour vous peindre mes sentimens,
En ces *heureux* momens,

(« *A l'ordre ! à l'ordre !* »)
» Silence, point de désordre ! »
Que n'ai-je d'Apollon
Ou bien d'Anacréon,
(« *La clôture ! la clôture !* »)
Vous la voulez, Messieurs, je la veux comme vous;
Et, vous souhaitant à tous bon an, bonne aventure,
Je me tais, me retire et vais planter mes choux.

~~~~~~~~~~~~

LA CLOTURE.

Encore un mot, Messieurs, avant de vous quitter :
Je serai court, daignez donc m'écouter.
Sentant plus que jamais le besoin du silence,
J'invoque avec ardeur toute votre indulgence.

AUX BUVEURS, SANS COFFRE NI CAVEAU.

Buveurs qui, comme moi, vous trouvez trop souvent
Sans vin et sans argent;
Si vous voulez rire, et chanter et boire,
Accourez avec moi chez le joyeux Grégoire.
Pour nous, toujours gratis, la clef est au tonneau,
Si non pour vin, du moins pour l'eau.
« *A l'ordre, à l'ordre !*
» Silence donc ! à quoi bon le désordre ? »
De l'ordre à la *clôture*, il n'est, dit-on, qu'un pas;
Je me retire donc, prévoyant le trépas
De l'œuvre de mon délire,
Sans pourtant renoncer à boire et rire.